LA FILLE DU CANAL

L'auteur

Thierry Lenain est né en 1959. Il est, à ce jour, tout occupé à grandir. Parce qu'il considère que c'est la seule façon de vivre. Il écrit pour le dire.

La fille du canal a obtenu le Prix du Roman Jeunesse du ministère de la Jeunesse et des Sports 1992 (Jury des jeunes), mention spéciale du jury des adultes, le Prix Libraires « Cercle d'Or » 1993, le Prix Libraires « Sorcières » 1994, et le Totem Télérama – Salon de Montreuil 1994.

Du même auteur, en Pocket Jeunesse :

Un chien dans un jeu de quilles

Thierry LENAIN

La fille du canal

POCKET
jeunesse

Ce livre a été publié pour la première fois
en 1992 aux éditions Syros.

Loi n° 49-956 du 16 juillet 1949 sur les publications destinées
à la jeunesse : mars 2000.

ISBN 2-266-10042-4

À la mémoire de Valérie Valère.

« On ne se blesse pas qu'à vos champs de bataille. »

Barbara

Cette histoire commence avant les premières pages. Elle s'achèvera, comme tant d'autres, au-delà des dernières. Sans doute jamais.

Noël est déjà loin. Les sapins nus gisent, abandonnés, dans les rues. Sarah les évite sans les voir. Elle marche. Son manteau est ouvert. Son écharpe lui protège à peine le cou. Sarah ne grelotte pas. Elle est insensible au froid comme à la foule qui se presse autour d'elle et la bouscule. Le visage blême, Sarah marche. Ailleurs. Nulle part. Absente de son corps mécanique qui frôle les murs. Son image s'évanouit dans les vitrines des magasins. Sarah n'est qu'une ombre. L'ombre d'une enfant que personne ne remarque. L'ombre d'une enfant qu'on efface, et qui peu à peu disparaît.

Après avoir gravi les marches qui conduisent à son étage, Sarah introduit les clés, tourne les verrous. La porte s'ouvre sur un appartement cossu. Sarah traverse les pièces. Sous ses pas, le parquet grince. Elle s'enferme dans sa chambre. Une chambre trop petite, encombrée d'un bureau et d'une armoire. Sarah ne quitte pas son manteau. Elle se campe face au lit. Ses bottes mouillent le tapis. La fillette fixe sa poupée et ses traits se figent jusqu'à ce que, dans la pénombre, l'immobilité de l'une réponde étrangement à celle de l'autre. Quelques minutes s'écoulent, Sarah saisit brusquement son effigie. Elle la déshabille et l'allonge. Les paupières aux cils synthétiques se ferment. Sarah sort un briquet d'un tiroir. Elle l'allume. La flamme se reflète dans ses yeux. Elle l'approche sans hésitation du ventre de la poupée. Le plastique noircit puis ramollit. Avant qu'il ne redurcisse, Sarah appuie l'extrémité de son doigt sur la blessure. L'empreinte de son index s'y inscrit. Elle serre alors la poupée meurtrie contre sa poitrine.

— Il ne faut rien dire… sanglote-t-elle.

La porte d'entrée claque à cet instant. La voix coléreuse de sa mère retentit :

— Sarah, tes chaussures !

Extrait du journal de l'institutrice de Sarah.

Lundi 6 janvier. Les fêtes sont passées. Début du second trimestre. L'hiver est toujours aussi rude [...]. J'ai mis quelques secondes à reconnaître Sarah. Ses cheveux sont coupés si court, elle ressemble à un garçon. Cela n'accentue que davantage cet air triste qu'elle affiche depuis novembre. Un décès dans sa famille ? Des tensions entre ses parents ? Je devrais le lui demander. J'en ai eu l'intention à plusieurs reprises, mais à chaque fois un sentiment étrange m'a retenue. Il me semblait me mêler de ce qui ne me regardait pas. D'ailleurs, Sarah est-elle réellement si triste ? C'est plutôt moi qui suis mélancolique ces temps-ci. Mais cette coupe de cheveux... Ils étaient si longs, si beaux. Elle donne l'impression d'avoir voulu se déguiser. Ou s'abîmer.

Depuis l'aube, les camions municipaux répandent du sel sur la chaussée verglacée. Un bruit de vaisselle réveille Sarah. Elle ouvre les yeux, passant de la nuit au jour comme si elle n'avait pas dormi. Elle n'a pas lâché sa poupée déshabillée et la cache encore, tout au creux d'elle. Les paroles de sa mère, bien que datant d'avant Noël, résonnent à ses oreilles :

— Mais enfin, à ton âge !…

— Une poupée qui ne fait rien du tout. Qui ferme juste les yeux.

— Cesse ce caprice !

— Qui ferme juste les yeux.

— Ne compte pas sur moi. J'ai une fille de onze ans. Pas un bébé. Si tu tiens tant à ta poupée, achète-la !

L'après-midi, Sarah est entrée dans un magasin de jouets. Ne prêtant aucune attention à la moue réprobatrice de la vendeuse, elle a choisi la poupée la moins expressive, la moins sophistiquée. Une poupée qui fermait juste les yeux.

Puis Sarah s'est rendue dans un salon de coiffure. L'employée s'est plainte au moment du shampooing :

— Mais détends-toi ! Profites-en…

Elle lui a demandé quelle coupe elle désirait. D'une voix terne, Sarah a répondu :

— En brosse, comme un garçon.

La coiffeuse a ricané :

— Tu en as assez d'être une fille ? Moi, je ne changerais pour rien au monde !

Sa collègue a gloussé :

— J'en connais quelques-uns qui se plaindraient !

Sarah ne les écoutait pas. Elle se regardait dans la glace. Quand les ciseaux ont cliqueté, elle n'a pas sourcillé. Elle était aussi impassible que la poupée qu'elle avait installée sur ses genoux, face au miroir.

De retour chez elle, Sarah n'a pas osé ouvrir la porte. Elle a sonné. Sa mère a articulé deux ou trois sons inaudibles avant de la gifler avec force. Sarah s'est enfuie dans sa chambre, ignorant son père qui, enfoncé dans le fauteuil du salon, l'appelait timidement. Pour lui dire quoi, de toute façon ? Il ne savait pas parler à sa fille. C'était sa femme qui s'occupait de ça. De ça et des cadeaux de Noël. Il essaya cette fois pourtant de protester :

— Enfin, pourquoi l'as-tu…

— Oh ! je t'en prie, fiche-moi la paix !

Pendant que, entre ses parents, s'installait un silence aigu, dans sa chambre Sarah coupait les cheveux de sa poupée.

Sarah observe les camions par la fenêtre. Les ouvriers emmitouflés dans des combinaisons orange jettent le sel à grandes pelletées. La fillette rhabille sa poupée et la pose sur le lit. Puis elle descend dans la cuisine. Sa mère l'embrasse, lui demande si elle a bien dormi. Son père apparaît. Il effleure la joue de son enfant d'un vague baiser et s'engouffre dans le couloir. Chaque matin il s'esquive ainsi, laissant la mère et la fille en tête à tête.

— Ton professeur de dessin m'a téléphoné hier soir.

Sarah laisse tomber sur le carrelage la tartine qu'elle préparait.

— Ce que tu peux être maladroite !

Sarah s'accroupit pour essuyer la confiture.

— Il est vraiment très content de toi, poursuit sa mère après un soupir. Il te trouve remarquablement douée.

Il ne reste plus de confiture par terre. Mais Sarah essuie toujours.

— C'est propre maintenant, Sarah !

Sarah se relève.

— Il m'a parlé du concours, reprend sa mère.

Sarah tient le Sopalin rougi de confiture dans sa main.

— Je ne veux pas le faire, répond-elle enfin.

— C'est ridicule, tu as toutes tes chances ! Il propose de t'aider chaque soir. Il te considère comme sa fille. Tu as beaucoup de chance.

La main de Sarah se crispe sur le Sopalin poisseux.

— Je ne veux pas le faire.

— Tu m'énerves ! C'est toi qui as insisté pour être inscrite à cet atelier et, comme toujours, tu es incapable d'aller jusqu'au bout de ce que tu entreprends ! Ça suffit. Je veux que tu participes à ce concours. Dès jeudi, ton professeur t'attendra après l'école.

Sarah tourne les talons. Elle regagne sa chambre, le poing toujours refermé sur le Sopalin. Elle répète : « Je ne veux pas le faire. » De sa main libre, elle s'empare de sa poupée et rive ses yeux dans les siens. Longtemps, jusqu'à ce que sèchent ses larmes.

Sarah marche vers l'école. Son cartable alourdi de livres heurte régulièrement sa jambe. La température a brutalement chuté durant la nuit. Tout a gelé. L'eau du canal ne coule plus, Sarah s'en aperçoit du haut du pont. Lorsqu'elle est triste, elle se réfugie dans un rêve. Elle se promène sur la berge. Un bateau accoste à sa hauteur. Une coque de noix surmontée d'une grande voile blanche. Elle monte à bord et s'éloigne de la ville qui disparaît au loin. L'embarcation vogue des jours et des jours. Au bout du cours d'eau, il y a le soleil. Sarah le traverse. De l'autre côté, sa grand-mère, radieuse et sereine, l'attend. Elle enlace et console sa petite-fille. Lorsque Sarah est apaisée, elle rentre chez elle en cachant précieusement au fond de sa poche un peu de poussière de l'astre qui, derrière elle, luit sur les flots.

Mais aujourd'hui le soleil a disparu. Le canal est gelé. Le corps de la grand-mère de Sarah repose dans un coin sombre du cimetière.

Mardi 7 janvier. […] Sarah est arrivée en retard ce matin. J'en suis maintenant certaine, un souci la ronge. Elle semble en plein désarroi. « Pourquoi n'es-tu pas à l'heure ? » C'est tout ce que j'ai su lui demander. « L'eau du canal était gelée », m'a-t-elle répondu. Elle n'a plus ouvert la bouche de la journée. J'ai essayé de discuter avec elle pendant la récréation, elle a esquivé mes questions. J'ai fini par lui remettre un mot de convocation pour ses parents […].

Je reprends ce journal. Il est deux heures du matin. Je n'arrive pas à dormir. J'ai un goût amer dans la bouche. Je pense sans cesse à Sarah. Ce n'est pourtant pas la première fois que je dois affronter ce genre de situation. Les enfants se dérèglent si vite, pour un rien. Non. C'est la rigueur de cet hiver qui est à l'origine de mon cafard. Le canal est gelé.

Il neige sur Sarah immobile devant la porte. Elle voudrait hurler et fuir, se réfugier dans les bras de sa grand-mère, de l'autre côté du soleil qui se terre. Mais son doigt appuie sur la sonnette.

— Bonjour, Sarah.

Le professeur de dessin l'invite à entrer. Il marche derrière elle dans l'étroit couloir. De sa main, il débarrasse les cheveux en brosse des flocons qui s'y sont accrochés.

— C'est dommage que tu les aies coupés. Ils étaient si beaux.

Ils pénètrent dans l'atelier. La porte se referme sur eux.

La séance achevée, Sarah erre dans les rues, les mains enfouies dans les poches. Les larmes roulent sur ses joues rougies par le froid. Elle marche lentement, au hasard des rues, et se retrouve sur les berges du canal. Elle le longe jusqu'aux dernières maisons comme si, malgré la glace, malgré le bateau qui ne peut venir, elle avait décidé de suivre le cours d'eau jusqu'à la mer, jusqu'au soleil. Le soir qui la surprend à la frontière de la ville la retient. Elle tente au moins d'imaginer le voyage. Mais, au bout de son rêve, elle découvre le corps inanimé de sa grand-mère, prisonnier de l'astre blanchi par le gel.

Non loin de là, au même instant, l'institutrice a brutalement fait halte sur le pont. Ses doigts gantés laissent échapper un journal, où la photo du canal gelé occupe la première page. La légende évoque un paysage hivernal identique, vingt ans plus tôt. L'enseignante a senti ses jambes défaillir. Elle s'est accoudée au parapet. Une douleur violente lui oppresse la poitrine. D'une zone condamnée de sa mémoire a violemment surgi un fragment oublié de son passé.

J'avais huit ans. Le canal avait aussi gelé cet hiver-là. Quand j'ai aperçu l'étendue de glace au matin, j'ai pensé que l'eau ne coulait plus par ma faute. J'ai pensé que mon sang allait cesser de circuler. La mort s'annonçait, sans appel. Mon corps allait se dessécher. J'ai eu peur. Si peur. Le soir j'ai lutté de toutes mes forces pour ne pas m'endormir. J'aurais voulu hurler, mais je me mordais l'intérieur des joues à en saigner. Je me souviens du goût du sang mêlé à celui de la morve dans ma gorge. J'ai craché dans mon mouchoir. La vue du tissu ensanglanté m'a terrifiée. J'ai cru que je me vidais. J'ai pleuré des nuits et des nuits, j'ai pleuré dans mille endroits. Un matin, la glace du canal a fondu. J'ai cru pouvoir oublier. Mais c'était juste un souvenir qui ne fonctionnait plus, comme une machine qu'on débranche. Cet après-

midi, tout m'est revenu lorsque j'ai traversé le pont. Voilà pourquoi je me sentais si mal depuis quelque temps. L'hiver était si froid. Je savais que le canal allait geler. Je savais que j'allais me souvenir.

L'institutrice ajoute la date, *mercredi 8 janvier*, puis pose son stylo. Elle se glisse sous les draps contre son mari endormi, et pleure en silence.

La sonnerie vient à peine de mettre fin à la journée d'école et des enfants préparent déjà des boules de neige dans la cour. Sarah range ses crayons. Un feutre roule sous la table. Elle se penche et, au passage, inspecte son casier. Tout est en ordre, les livres et les goûters qu'elle stocke là depuis plusieurs jours. Quand elle se relève, elle aperçoit sa mère. Elle porte un tailleur strict, sa coiffure laquée est impeccable. Elle se dirige d'un pas décidé vers l'institutrice.

— Vous désiriez me voir ?

— Oui, un instant, s'il vous plaît.

Les derniers élèves quittent la classe. La mère de Sarah s'approche de sa fille. Elle feuillette son cahier. À la lecture des remarques soulignées de rouge dans la marge, un tic crispe la commissure de ses lèvres. Sarah reconnaît le signe d'une exaspération que sa mère tente de contenir. La fillette a souvent ce sentiment d'être une fille indigne, cette enfant dont on ne veut pas.

L'institutrice les rejoint. Elle parle des derniers résultats de Sarah, de son manque d'entrain.

— C'est fréquent à cet âge, admet-elle. Grandir fatigue... À moins que Sarah ne vive un moment difficile ?

La mère de Sarah fronce les sourcils.

— Que voulez-vous dire ?

— Un climat familial un peu difficile se traduit parfois par...

— Notre foyer est très équilibré, si c'est ce que vous tentez de savoir.

— Ne vous méprenez pas. Je respecte la vie privée de tous mes...

— Je l'espère. De toute façon, inutile d'aller chercher si loin. C'est dans la nature de Sarah de se laisser aller. Elle a souvent besoin d'être secouée. Je vais m'en charger, vous n'aurez bientôt plus à vous plaindre de ma fille.

Le ton glacé de la mère de Sarah désarçonne l'institutrice. Elle bafouille :

— Mais je ne me plains pas… Je trouve simplement Sarah triste…

— Sarah est fatiguée. Elle mange si peu ! Je vais l'emmener chez le médecin.

Depuis le début de la conversation, Sarah est plongée dans un cahier qu'elle a ressorti de son cartable. Elle fait mine de résoudre des opérations, mais les chiffres se brouillent devant ses yeux. L'enseignante pose la main sur son épaule.

— Et toi, Sarah… qu'en penses-tu ?

La fillette murmure :

— Je vais travailler…

— Bien, la félicite l'institutrice. Je vais t'aider. À deux, ça sera plus facile.

La mère de Sarah hausse les épaules et prend congé, entraînant sa fille hors de la classe. Quand elles sont dans le couloir, l'institutrice se masse les tempes, d'abord pour se soulager, puis avec force, jusqu'à s'en faire mal.

La colère de la mère de Sarah éclate au moment du repas, lorsque Sarah repousse son assiette après deux ou trois bouchées.

— Je n'ai pas mis au monde une poupée de chiffon !

Avec emportement, elle rapporte à son mari les propos de l'institutrice. Sarah la coupe à plusieurs reprises, répétant qu'elle ne comprend pas les explications de la maîtresse.

— Tu es plus idiote que les autres ? Je vais t'expliquer, moi, on verra si tu t'amuseras encore à ne pas comprendre !

Pour la première fois de la soirée, Sarah soutient le regard de sa mère.

— Tu rentres trop tard, tu ne sais rien de ce que je fais. Tu ne peux pas m'aider.

La mère de Sarah reste un moment décontenancée, puis rétorque :

— Je ne t'autorise pas à me parler sur ce ton. Ne crois pas t'en sortir en me reprochant de travailler. Je paierai quelqu'un pour te donner des cours chaque soir.

— Je dois aller à l'atelier de dessin.

— Eh bien, tu n'iras plus que le mercredi !

La décision de la mère de Sarah clôt la dispute. La fillette s'éclipse dans sa chambre. Elle se déshabille et se couche, la poupée dans les bras.

Son père la rejoint un peu plus tard. Sarah dort. Il en est soulagé. Il n'aurait pas trouvé les mots pour exprimer ce qu'il aurait pourtant voulu dire à sa fille. Profitant de son sommeil, il la contemple comme un voleur. Il pose un baiser timide sur sa joue. Il pense à l'enfant studieux et renfermé qu'il était. Sa gorge se noue. Il se souvient combien il souffrait du silence asphyxiant de ses parents, combien il a maudit ce silence. Il en est prisonnier aujourd'hui encore. Jamais il n'est parvenu à le briser. Même pour cette enfant qu'il a désirée. Même pour cette enfant qu'il aime. Il se hait souvent pour ça.

Jeudi 9 [...] Sa mère est venue au rendez-vous. C'était la première fois que je m'entretenais aussi longtemps avec elle. Je comprends l'air taciturne de Sarah. Il ne doit pas être facile de grandir à l'ombre de cette femme ! Je me demande s'il lui arrive parfois de sourire. Elle fait partie de ces gens qui ont besoin de se protéger derrière un masque austère, comme si la gentillesse et l'amour les mettaient en péril. En tout cas, je me suis inquiétée à tort pour Sarah. La simple attention que je lui ai portée a suffi pour qu'elle se décide à travailler. Et puis elle est fatiguée. Crise de croissance, mauvaise alimentation (j'ai retrouvé ses goûters empilés dans son casier !), c'est certain, une cure de vitamines lui fera le plus grand bien.

Je le sais, pourtant : on mêle souvent les enfants à des douleurs qui sont les nôtres, non les leurs. On leur invente des histoires pour oublier celles qui nous hantent. Ce souvenir qui m'est revenu hier devait frapper à la porte de ma mémoire depuis un moment. Pour m'en protéger, j'ai préféré imaginer Sarah en difficulté. Mais la petite fille en danger, ce n'était pas elle. C'était moi, il y a vingt ans, dans la maison près du canal. Les guirlandes couvraient l'arbre de Noël dans un coin de la salle à manger. Les cadeaux s'entassaient sur le parquet. Toute la famille était réunie. Lui aussi était là.

Un épais brouillard a pénétré les rues de la ville, rendant incertaine la levée du jour. Ce matin, les enfants ne s'attardent pas dans la cour. À peine arrivée, Sarah demande à sa maîtresse si elle accepte de l'aider après la classe. C'est elle qui en a eu l'idée, sa mère a donné son accord. Qui pourrait, mieux que l'institutrice, remplir cette tâche ?

Elles commencent le soir même, dans la salle désertée. L'enseignante s'est assise aux côtés de son élève. Elle rapporte un peu plus tard dans son journal que Sarah était moins triste, qu'elle a souri à une ou deux reprises. L'enfant avait besoin d'attention et, peut-être, d'un peu de tendresse. L'institutrice conclut par : *Nous n'avons pourtant parlé de rien d'autre que des leçons et exercices. Mais*

Sarah semblait heureuse de travailler là, près de moi qui l'aidais. Elle paraissait rassurée. J'ai aimé la sentir ainsi.

Le mauvais temps s'est octroyé, lui aussi, le repos dominical. Mais malgré la timide apparition du soleil, Sarah reste enfermée chez elle. Sa mère a préparé une série de révisions. Contrairement à son attente, Sarah s'y plie de bonne grâce, même lorsqu'elle lui fait inutilement rabâcher ce qu'elle connaît sur le bout des doigts.

Pendant ce temps, l'institutrice et son mari quittent la ville. Ils suivent le canal durant quelques dizaines de kilomètres et se garent en retrait d'un bourg, le long d'une maison aux volets clos. L'enseignante y a vécu toute son enfance. Elle a hérité de la bâtisse à la mort de sa mère, mais n'a jamais ressenti le besoin d'y remettre les pieds depuis.

Tandis que son mari entrouvre les volets, l'institutrice traverse d'un pas lent les pièces sombres et poussiéreuses. Ce qu'elle est venue chercher, la peur au ventre, se trouve là. Dans la grande salle, elle entend les rires et les exclamations des enfants qui ouvrent les cadeaux. Elle entend le tintement des coupes de champagne qui s'entrechoquent et les voix des adultes éméchés qui haussent le ton. Les images se télescopent, la tête lui tourne. Elle revoit les guirlandes électriques clignoter. Ils étaient tous présents. Ils lui apparaissent aussi nettement que si la scène s'était déroulée la veille. Son mari lui touche l'épaule.

— Tu ne te sens pas bien, chérie ?

— Rien… de mauvais souvenirs…

— Tu ne crois pas que tu devrais vendre cette maison ?

— Peut-être… pas maintenant…

— Tu veux qu'on y aille ?

— Non.

L'institutrice se lève et se dirige enfin vers la salle de bains. Elle marque un temps d'arrêt devant la porte puis, le souffle court, la pousse du bout des doigts. Elle retrouve son oncle près de la baignoire. Cette fois elle ne se retient pas. Elle vomit.

Au milieu de la nuit, le professeur de dessin regagne son domicile. Il est satisfait. À Paris, une galerie d'art en vogue expose ses œuvres les plus récentes. La série d'aquarelles intitulée *Petite fille nue endormie dans un vieux fauteuil* a suscité de nombreux commentaires admiratifs.

L'institutrice ramasse les rédactions des élèves. Sujet : *Décrivez un paysage hivernal.* Sans y prendre garde, elle a utilisé l'expression qui légendait la photo du journal. Sarah a écrit un texte d'une dizaine de lignes. Elle a raconté le canal qui traverse la ville telle une grosse artère. L'eau ne coule plus. Les enfants pleurent. La ville meurt.

Après la classe, l'enseignante propose à Sarah de travailler chez elle, dans l'appartement situé juste au-dessus. Elle attend un appel téléphonique important.

Elles entrent dans le couloir quand la sonnerie retentit. Tandis que la maîtresse prend la communication dans son bureau, Sarah examine un patchwork de photos épinglées au mur. Elle s'attarde sur l'une d'elles.

— Tu regardes celle-ci ? demande l'enseignante de retour.

Elle désigne une petite photo noir et blanc. Une fillette emmitouflée pose dans la neige, devant une grande baraque. Derrière, on aperçoit le canal.

— J'avais à peu près ton âge… Je n'ai pas de photos plus anciennes.

L'institutrice éclate d'un rire démesuré :

— J'ai l'air triste là-dessus !

Sarah est hypnotisée par la photo.

— Vous me ressemblez… murmure-t-elle.

— C'est vrai… C'est peut-être pour ça que je t'aime bien.

D'un mouvement vif, Sarah se blottit contre l'institutrice. Celle-ci repousse doucement son élève.

— Il faut travailler maintenant.

Lundi 13. Pendant vingt ans, j'ai cru oublier. Mais pendant vingt ans, j'ai gardé avec moi la trace de ce jour : cette photo, que Sarah a remarquée sur le mur. Je me souviens quand elle a été prise : quelques heures après... C'est mon oncle qui a insisté pour la prendre. Ce n'est pas la tristesse qu'on lit dans mon regard, c'est la peur. Je me rappelle le feu sur la berge du canal quelques jours plus tard. J'avais entassé toutes les photos où je figurais depuis mon plus jeune âge, et je les ai brûlées. Le lendemain, ma mère m'a tendu une lettre que le facteur venait de déposer. C'était cette photo. J'aurais pu la brûler comme les autres. Mais je l'ai gardée. Son envoi, alors que toutes celles qui l'avaient précédée venaient d'être détruites, m'a terrifiée. Mon enfance était morte. J'étais maintenant celle que mon oncle avait enfermée là.

Pendant vingt ans j'ai caché cette histoire dans mes ténèbres les plus noires. Jusqu'à quel point ce cauchemar a-t-il imprégné ma vie sans que je m'en aperçoive, durant toutes ces années où j'ai vécu dans l'oubli ?

Pourquoi Sarah a-t-elle repéré cette photo ?

Non ! Il faut que j'arrête, que je la laisse tranquille avec tout ça ! Dans sa rédaction, elle a décrit le canal. Elle n'a pas été la seule, mais la lecture de son devoir m'a glacé le dos, sans pour autant me surprendre. Je crois que je l'espérais. C'est atroce. J'utilise Sarah pour qu'elle parle à ma place, parce que je ne parviens pas à écrire ce souvenir. Il faut que je cesse. Il faut que je protège cette enfant de mon histoire. Je dois écrire ce qui s'est passé. Je dois l'écrire.

L'institutrice referme son cahier sur ces mots. Elle replace la photo sur le mur, colmate le trou que son retrait a causé dans la mosaïque d'images.

Le bulletin météo de la radio annonce une nouvelle baisse des températures. Tandis que son père descend hâtivement l'escalier, Sarah essaie de convaincre sa mère :

— Je ne veux plus y aller.

La réaction est violente. Sarah entend les mots *capricieuse, paresseuse*… Elle pleure. La colère de sa mère redouble.

— Tu cherches tout ce qui peut me décevoir !

Elle enfile son imper et claque furieusement la porte en prévenant :

— Je téléphonerai pour vérifier !

Le silence règne maintenant dans la cuisine. Sarah reste assise à la table encore encombrée du petit déjeuner, sans un mouvement, les yeux dans le vague. Le téléphone sonne à plusieurs reprises. Elle n'entend pas.

Soudain, elle se lève. Elle se rend dans la salle de bains et se déshabille. Elle plie avec précaution la chemise de nuit qu'elle vient d'ôter et la pose sur la machine à laver. Puis elle entre dans le bac à douche et ouvre le robinet. Le jet froid la saisit, mais elle résiste et ne bronche pas. Sous l'effet de l'eau glacée, son corps s'anesthésie peu à peu. Les sanglots entrecoupent sa respiration saccadée. Lorsqu'elle a l'impression que ses poumons vont éclater, elle ferme le robinet. Elle se rhabille sans même se sécher, et sort. Elle marche droit vers le canal.

La fillette quitte la rive. Elle s'avance sur la surface gelée. Sous son poids, la glace craquelle. Sarah ferme les yeux. Elle gémit.

— Grand-mère… grand-mère…

Elle s'avance davantage, mais se sent brutalement ramenée en arrière. Un promeneur l'a agrippée par l'épaule et reconduite sur la berge. Il la sermonne :

— Ce n'est pas assez solide pour jouer là !

Lorsqu'il aperçoit les larmes dans les yeux de l'enfant, il s'accroupit. Mais Sarah se dégage et s'enfuit en courant le long du cours d'eau. Elle grimpe des escaliers et déambule dans les rues.

Sans l'avoir décidé, elle se retrouve à l'heure convenue devant la porte de l'atelier de dessin. Comme à chaque fois, elle attend avant de sonner. Comme à chaque fois, le professeur l'observe derrière le carreau. Il a peur qu'elle parte. Ou peut-être l'espère-t-il.

— Entre, Sarah…

Ils traversent le couloir jusqu'à la pièce du fond. Sarah s'arrête près d'un vieux fauteuil. Le professeur lui caresse le visage du bout des doigts. Il lui parle. Chaque artiste a sa muse, elle est la sienne. Leur histoire est précieuse. Ils sont uniques. Les autres ne pourraient pas comprendre.

Le professeur parle. Il parle en déshabillant Sarah. Sarah ne dit rien. Elle s'assoit dans le fauteuil. Elle ferme les yeux.

Jeudi 16 janvier. Je suis en stage jusqu'à lundi. On m'a proposé la place hier. Je n'ai pas eu le temps d'avertir Sarah que je ne pourrais pas travailler avec elle. J'ai été obsédée toute la journée par l'idée qu'elle allait m'attendre, qu'elle ne partirait pas avant de m'avoir vue. Ce soir, j'ai pris sur les routes enneigées des risques insensés, moi qui suis d'ordinaire si prudente. J'étais persuadée que Sarah serait encore là. Mais la cour était aussi vide que les classes. Quand j'ai lu dans le cahier d'appel qu'elle avait été absente, j'ai failli remonter dans la voiture pour aller chez elle... Je deviens folle. Sarah n'est plus Sarah. Je l'ai faite moi. L'enfant que j'étais s'est échappée de ma mémoire pour prendre possession de son corps. Je cherche à remonter le temps. Je veux croire Sarah victime d'une histoire identique à la mienne pour cette fois tout empêcher. Je voudrais effacer cet épisode de mon enfance. Mais je dois comprendre que ce qui s'est passé est à jamais indélébile. Si je pouvais au moins écrire ces minutes qui ont marqué ma vie au fer rouge, je pourrais ne pas mêler Sarah à ce chaos, écouter ce qu'elle a peut-être à dire, au lieu de dissoudre son histoire dans la mienne. Mais les mots ne viennent pas. Je suis restée des heures devant ce cahier, à me griffer la main au sang. Je ne peux rien écrire. Je terre au fond de moi, pour la protéger de ce monde qui l'a meurtrie, une petite fille qui me fait honte.

Il fait nuit. L'institutrice remplit son journal dans la classe, assise à la table de Sarah.

Vendredi 17 janvier.

Mes parents étaient assis sur le canapé. Moi sur un pouf, à leurs pieds. Je les épiais de temps en temps dans le miroir qui ornait le haut du buffet. On regardait à la télévision un film qui retraçait la vie d'une reine. Je revois les images du mariage. Elle avait douze ans, et son père l'avait offerte à un vieux souverain rebutant. Un immense banquet avait été dressé pour l'occasion. Les convives puisaient à pleines mains dans les plats. Les bouches étaient grasses. Aussitôt vidés, les verres étaient remplis par des serviteurs zélés. Les rires fusaient. Les hommes délaissaient le spectacle des jongleurs pour les décolletés généreux des femmes. La nouvelle reine était tassée sur son siège, minuscule, terrorisée. Elle ne pouvait rien manger. Après le festin, le roi l'a emmenée par le bras. Elle portait une longue robe blanche, ornée de mille perles scintillantes. Je me raccrochais à sa robe de fée, comme si elle devait la protéger, lui permettre de disparaître au dernier moment. Les invités ont formé un cortège derrière eux. Ils les ont suivis jusqu'à deux grandes portes de bois qu'ont ouvertes des gardes. Un lit à baldaquin trônait au milieu de la chambre : une guillotine sur un échafaud. La mère de la petite reine s'est penchée à son oreille. Elle a murmuré : « C'est ainsi qu'on devient femme... » Le roi a entraîné l'enfant vers le lit. Les gardes ont refermé les portes, comme mon oncle avait refermé sur moi celle de la salle de bains quelques jours plus tôt. J'ai eu la nausée et, dans un hoquet, un renvoi aigre que j'ai gardé dans la bouche. J'ai regardé mes parents dans le miroir. Il n'y avait aucun signe de réprobation sur leur visage. Rien. L'épreuve que je venais de subir était donc une initiation secrète à laquelle n'échappait aucune fille. Personne n'en parlait. Il fallait continuer à se taire. J'ai ravalé ce que mon corps avait tenté de cracher.

Mais demain, sur les pages de ce cahier, j'écrirai tout.

JE NE PEUX PAS.

Le froid a maintenu les promeneurs du dimanche devant leurs postes de télévision. Le téléphone sonne chez Sarah. Sa mère décroche. À l'autre bout, l'enseignante s'éclaircit la voix.

— Je me permets de vous appeler, j'espère que je ne vous dérange pas… Sarah a été absente ces derniers jours…

— Vous prenez des nouvelles de chaque enfant absent, et le dimanche, qui plus est ?

— Non, mais Sarah…

— Sarah a eu une chute de tension. Elle ne se nourrissait pas assez.

— Le manque d'appétit est parfois le signe de…

— Je vous en prie ! Vous êtes l'institutrice de ma fille, pas sa psychologue. Je n'ai nullement besoin de vos conseils autres que scolaires.

La mère de Sarah raccroche sans un mot de plus. De sa chambre, Sarah a suivi la conversation par bribes. Assise en tailleur sur son lit, elle berce sa poupée.

Le combiné encore en main, l'enseignante sanglote. Son mari l'enlace.

— Que se passe-t-il ? Depuis quelques jours, tu vis ailleurs.

Sa femme ne répond pas.

— Tu veux qu'on sorte ?

Elle accepte d'un hochement de tête.

Dimanche 19 janvier.

J'ai pris ma décision. Je vais prévenir Sarah. Je ne veux plus continuer à l'aider après la classe. Je ne peux plus.

À l'autre bout de la ville, le professeur de dessin embrasse sa mère.

— Bon anniversaire, maman !

La vieille dame fête ses quatre-vingt-cinq ans. La femme du professeur a préparé le repas. Ses enfants se sont occupés du cadeau.

Dans les cafés, les clients fustigent l'hiver en se réchauffant les mains autour des tasses. L'institutrice quitte le cabinet médical. Elle ne s'est pas rendue en classe ce matin. Il lui était impossible de se retrouver face à Sarah. Elle doit se retirer pour panser la plaie oubliée qui s'est rouverte, pour soigner l'enfant cruellement blessée qu'elle porte en elle. Mercredi, le train l'emmènera au bord de l'océan. Elle louera une chambre dans un hôtel désert et ira s'asseoir sur la falaise, si haut, si près du vide qu'elle en frémira. Le vent chargé de bruine salée fouettera son visage, et peut-être alors sa mémoire se videra-t-elle.

En attendant elle passe en revue les livres de sa bibliothèque et jette ceux dont elle ne veut plus, des romans anciens qui lui semblent aujourd'hui trompeurs.

Sarah dessine, derrière les élèves du cours préparatoire qui apprennent à lire. L'institutrice n'a pas encore été remplacée, ses élèves ont été dispersés dans les autres classes. La tête penchée, un bras protégeant sa feuille, Sarah dessine des personnages sans yeux, et d'autres sans mains. Des personnages sans bouche.

À l'heure de la récréation elle gagne la cour après les autres enfants. Elle jette au passage son goûter dans la poubelle, et va s'adosser contre le mur du préau. Elle n'en bouge plus. Elle attend, les yeux fixés sur les fenêtres de l'appartement.

Le soir, sa mère s'étonne de la voir encore attablée dans sa chambre, le nez dans ses cahiers.

— Tu n'as pas travaillé avec ta maîtresse ?

Sarah répond sans relever la tête.

— Elle n'est plus là.

La mère regarde la nuque rasée de sa fille. Elle lui rappelle ce qu'une bouche perfide lui avait révélé de sa propre mère, alors qu'elle était enfant. Elle n'a jamais osé parler à quiconque de cette révélation, ni de la honte qu'elle avait éprouvée alors, et éprouve encore.

— Elle... est toujours en stage ?

Sarah griffonne sur la page de son cahier.

— Non.

Le tic d'agacement crispe les lèvres écarlates de la mère.

— Elle est malade ?

— Non.

La mère de Sarah s'emporte :

— Pourrais-tu me mettre au courant ?

— Elle ne viendra plus.

— Qu'est-ce que c'est que cette histoire ? Qui vous a prévenus ?

— Personne.

— Mais alors...

— Elle ne viendra plus.

Excédée, la mère quitte la chambre. Sarah continue de parler.

— Elle ne viendra plus jamais. À cause de moi.

Mais seule la poupée, assise sur le lit derrière la fillette, recueille la confession.

Le temps est gris sale. L'institutrice a briqué sa cuisine de fond en comble. Elle entend les enfants s'ébattre dans la cour et se dirige vers la fenêtre. Dissimulée par les rideaux, elle observe Sarah. Sarah aux traits tirés et fatigués. Sarah voûtée contre le mur du préau. Sarah qui attend. Mais quoi ?

Les élèves rentrés en classe, l'enseignante fait les cent pas dans son appartement, passant et repassant régulièrement devant la photo accusatrice, sur le mur du couloir. Elle voudrait pouvoir la déchirer, la faire disparaître et tout oublier. Mais elle ne parvient pas à esquisser le moindre geste vers ce petit bout de papier glacé.

Alors elle décroche son téléphone.

Mardi 21 janvier. J'ai averti l'assistante sociale. Elle m'a rassurée, elle saura enquêter avec tact. S'il y a lieu, elle avertira les services habilités et Sarah sera protégée. Maintenant je peux m'occuper de moi. J'ai préparé ma valise. Je pars demain. Quand je reviendrai j'aurai, je l'espère, l'âme en paix. J'aurai enfin libéré la petite fille enfermée dans la salle de bains.

Jamais la ville n'a été en proie à un tel hiver. Le gel la paralyse. On pourrait imaginer l'aube d'une nouvelle ère glaciaire. Une chute brutale d'encore quelques degrés, et chacun se retrouverait figé à jamais. L'histoire de chaque individu serait ainsi réduite au bref moment de bonheur ou de douleur vécu à cet instant précis. Les heures et les ans s'écouleraient, mais le temps n'y pourrait plus rien.

Dans sa chambre, Sarah tente de terminer ses devoirs. Mais son esprit entrevoit déjà le moment où, un peu plus tard dans l'après-midi, elle pénétrera dans l'atelier du professeur de dessin. Elle voudrait être collée à la chaise et ne jamais se lever. Mais même si cela était, elle se dédoublerait et s'y rendrait. Elle ignore comment faire autrement. Son regard empli de détresse se fixe sur l'image de la poupée dans le miroir de la penderie. Elle s'en empare puis ouvre la fenêtre. Le froid s'engouffre dans la pièce. Sarah s'apprête à jeter la poupée, mais se ravise et la serre contre elle.

— Je vais lui dire, chuchote-t-elle. Il ne te fera plus de mal.

Elle fourre le jouet dans son cartable et se précipite dans l'escalier, sans prendre le temps d'enfiler son manteau.

L'enseignante pose sa valise dans le couloir. Elle rédige ensuite un plan de travail pour sa remplaçante. Après s'être relue, elle ajoute : *La petite Sarah traverse une période difficile. Merci d'en tenir compte, c'est une enfant fragile.* Elle sursaute lorsqu'elle entend la sonnette de la porte d'entrée. Sur le palier, elle découvre son élève essoufflée.

— Mais tu es gelée... Entre !

Sarah avance dans le couloir sombre. L'institutrice allume la lumière.

— Je ne veux plus, halète la petite fille.

L'enseignante lutte contre la panique qui envahit son cœur, contre les images qui déferlent dans sa tête. Ses mains se nouent. Elle essaie de maîtriser le tremblement de sa voix.

— Tu ne veux plus quoi, Sarah ?

Les lèvres gercées de l'enfant remuent, mais plus aucun son ne sort de sa bouche. Elle s'accroupit et ses doigts engourdis cherchent à ouvrir le cartable qu'elle a emporté avec elle. Entre-temps, elle aperçoit la valise.

— Tu t'en vas ? bredouille-t-elle.

L'enseignante voudrait répondre non, mais elle dit :

— Au bord de la mer…

Sarah chancelle.

— Si tu veux me dire quelque chose avant que je parte…, reprend vivement l'institutrice en tendant la main vers elle.

Sarah a pris appui contre le mur. Sa tête repose sur l'assemblage de photos. Son visage côtoie l'image qui depuis vingt ans fige l'institutrice alors enfant au bord du canal. Les deux fillettes ne se sont jamais confondues à ce point. Effrayée, l'enseignante ramène brusquement la main. Elle recule et, de son épaule, éteint involontairement la lumière. Sarah a eu le temps d'apercevoir la peur s'emparer de sa maîtresse. Elle se précipite vers la porte et fuit. Le temps de se ressaisir, l'institutrice la poursuit en l'appelant de toutes ses forces.

Son cri résonne en vain. Sarah a déjà atteint la rue. Elle court. Des passants se retournent sur le passage de cette enfant si peu vêtue. Certains haussent les épaules. Mais personne ne l'arrête.

Sarah n'a pas à attendre devant la porte de l'atelier. Le professeur ouvre sans qu'elle ait besoin de se signaler. Il est fébrile.

— Tu es en retard, Sarah…

Il a cru qu'était arrivé le jour où elle ne viendrait plus. Mais comment aurait-elle pu ? C'est à cause d'elle. Depuis le début. À cause des frissons qui la parcouraient quand le professeur parlait dans son dos. Sa voix grave la berçait, lui chatouillait l'oreille. Elle frémissait lorsque sa main effleurait la sienne pour mieux lui indiquer la position des doigts sur le crayon. Le plaisir était en elle. Le professeur, lui, ne paraissait pas troublé. Il souriait. Cela rassurait Sarah. Elle se laissait alors engourdir par les douces sensations qu'elle éprouvait. Puis un jour il a voulu la dessiner. Il lui a demandé d'ôter son pull. Le visage de Sarah s'est empourpré. Elle s'est subitement sentie vulnérable, comme si le professeur avait pénétré à son insu au plus profond de son jardin secret, et qu'elle remarquait seulement sa présence. Il allait lire en elle et se moquer. Ou, pire, peut-être serait-il choqué. Peut-être en parlerait-il à ses parents. Et sa mère crierait encore, et Sarah saurait encore que c'était vrai, qu'elle n'aurait jamais dû naître, que tout ce qu'elle faisait, que tout ce qu'elle était le rappelait sans cesse. Aussi, pour paraître n'avoir rien à cacher, Sarah a obéi. Elle a enlevé son pull. Elle portait un tee-shirt en dessous.

— Ferme les yeux. Je vais te dessiner ainsi.

Le professeur a soigneusement lissé ses longs cheveux pour les disposer sur ses épaules. C'était agréable, comme lorsque sa mère prenait le temps de les lui peigner autrefois. Le professeur parlait, mais Sarah n'entendait plus ses mots, juste sa voix qui l'enveloppait, qui la transportait. La fillette rêvait sans images. Elle aurait aimé s'endormir là, dans ce vieux fauteuil. Elle ne s'est pas rendu compte que le professeur lui dénudait le torse. Quand elle s'est aperçue qu'elle était à moitié nue, il la dessinait déjà. Elle a voulu se recroqueviller, replier les bras sur sa poitrine, mais il a crié : « Ne bouge pas ! » Sarah n'a plus fait un geste, comme une enfant coupable s'immobilise, comme une enfant terrifiée se fige. Radoucissant le ton de sa voix, le professeur a ajouté :

— Ça te dérange d'être ainsi devant moi ?

Sarah n'a pu que refermer les yeux pour retenir ses larmes.

Cette fois-là, le professeur n'a rien exigé d'autre. Pourquoi l'aurait-il fait ? Sarah était maintenant prisonnière. Nul besoin de cachot, de porte ou de chaînes. Sarah était enfermée à double tour à l'intérieur d'elle-même.

Aujourd'hui, comme lors de ce premier jour, les rideaux de l'atelier sont tirés. La verrière du toit filtre la lumière.

— Laisse-moi te réchauffer, petite muse.

Le professeur déshabille Sarah.

— Assieds-toi dans le fauteuil.

Sarah s'assoit. Elle ferme les yeux. Le professeur se tient devant son chevalet. Il trace quelques traits sur la toile, puis revient près de la fillette.

— Sarah… je ne veux pas qu'on te fasse mal…

À chaque endroit de sa peau où les doigts nerveux se posent, l'enfant ressent une profonde brûlure.

Le taxi ne va plus tarder. L'institutrice referme sa main sur la poignée de la valise. En décrochant son manteau, elle bute sur le cartable oublié par Sarah. Elle le ramasse. Depuis le départ de son élève, elle agit par réflexes, sans être vraiment consciente de ses gestes. Elle aussi veut fuir loin d'ici, loin de cette photo, de ce souvenir. Loin de Sarah.

Livide, elle descend l'étage, portant la valise d'un côté, le cartable de l'autre. Elle entre dans la classe et le pose sur la table de Sarah. Dehors, le taxi s'est garé près du portail. Il klaxonne. L'institutrice fait un signe par la fenêtre, se presse vers la sortie. Mais elle ne parvient pas à passer la porte. Les images de la salle de bains qu'elle essaie de replonger dans l'oubli depuis quelques jours reviennent en force. Elle tente de lutter pour les repousser, voudrait construire un mur infranchissable pour se protéger. Un étau lui serre la tête, manquant de la lui faire éclater. Soudain la digue éclate. Les larmes jaillissent. La scène vieille de vingt ans, mais jamais cicatrisée, se rejoue seconde par seconde devant elle, projetée sur l'écran de ses yeux. L'institutrice décrit en sanglotant le drame auquel elle assiste, spectatrice adulte de son histoire d'enfant. Elle l'appelle « il ». Elle se nomme « elle ». *Il referme la porte. Elle est contre la baignoire.* Elle parle si bas qu'à peine prononcés les mots se noient dans les larmes qui ruissellent sur ses lèvres.

Le chauffeur de taxi roule vers la gare. De temps en temps, il jette un coup d'œil dans le rétroviseur, sur cette cliente étrange qui pleure à l'arrière de sa voiture, une poupée nue sur les genoux. Il essaie d'engager la conversation :

— Vous avez un train à prendre ? À quelle heure ?

L'enseignante ne répond pas. Les rues défilent, les passants avancent tête baissée, le col relevé, mimant un interminable exode.

— Dites donc, reprend le chauffeur, elle a drôlement souffert cette poupée…

Le regard de l'institutrice se pose sur le corps noirci et ridé. Le plastique est troué au bas du ventre. Elle se revoit transpercer son ours en peluche d'un grand clou, avant de le couvrir de baisers mouillés : *Pardon, pardon, je ne recommencerai plus jamais, je te le jure.*

— Arrêtez-vous ici.

— Mais nous sommes encore loin de la gare…

— Arrêtez-vous ici !

L'institutrice marche en récitant le texte de Sarah : « Le canal est gelé. La ville est morte. Les enfants pleurent. *Le peintre les enferme dans son tableau.* » L'enseignante avait lu sans d'abord la retenir cette dernière phrase. Sarah lui avait parlé de ses cours de peinture. Mais elle n'avait pas fait le rapprochement. Elle ne pouvait pas. Son oncle était mort depuis longtemps. Elle ne pouvait le laisser réapparaître. Même sous les traits d'un autre.

L'institutrice s'arrête devant l'atelier que signale une plaque de cuivre. La porte d'entrée a été mal fermée. Elle entre sans bruit. Une voix lui parvient de la pièce du fond. Elle s'approche. Elle distingue maintenant les mots. Des mots qu'elle a déjà entendus et qu'elle aurait voulu ne plus jamais entendre. Elle ouvre.

Le professeur sursaute et fait volte-face.

— Qu'est-ce... Mais...

Il se réfugie derrière le fauteuil dans lequel est assise Sarah, les bras posés sur les accoudoirs. La fillette ne bronche pas. Elle n'ouvre pas les yeux. Elle semble ne s'apercevoir de rien. Le peintre répète :

— Mais... Qu'est-ce...

Projetée dans son passé, l'institutrice s'immobilise. Le professeur la bouscule et traverse le couloir avant de disparaître dans la rue.

Dans l'atelier où le temps s'est arrêté, il reste une femme et une petite fille que vingt ans ne séparent plus.

Peu à peu l'institutrice trouve la force de s'approcher de Sarah.

— Sarah... tu m'entends ?

L'enfant ressemble à une sculpture de cire.

— Sarah, je t'en prie, réponds-moi.

L'enseignante tend une main tremblante vers la fillette, puis interrompt son geste. Comment toucher ce corps nu sans qu'il ne se morcelle ? Elle dépose avec précaution la poupée sur les genoux de Sarah.

— Elle m'a parlé… Je l'ai entendue…

L'institutrice pleure.

— Je vais mettre mes mains au-dessus des tiennes, Sarah.

Elle s'exécute, puis ajoute :

— Si tu ne peux pas parler, écoute-moi.

L'enfant ne réagit toujours pas. L'institutrice continue.

— Je sais ce que tu as vécu, Sarah.

L'enseignante rapproche au plus près ses mains de celles de son élève. Elle lui dit ce que la petite fille de la salle de bains a si longtemps ignoré :

— À aucun moment tu ne lui as donné ton corps. À aucun moment. Il te l'a volé, Sarah. Il te l'a volé.

Le silence règne dans l'atelier, à peine troublé quand l'institutrice répète à plusieurs reprises : « Il te l'a volé… » Alors lentement les mains de Sarah agrippent celles de sa maîtresse.

L'institutrice a posé un drap sur les épaules de Sarah. Agenouillée à terre, elle berce la fillette qui sanglote doucement, le visage contre celui de sa poupée. Les larmes mouillent les joues de plastique. L'enseignante murmure un air sans paroles. Puis elle s'interrompt pour dire :

— Il faut prévenir tes parents, Sarah. Et la police…

Sarah se raidit.

— Non.

— Ne crains rien, personne ne te fera de mal.

L'enfant insiste :

— Ne dis rien.

— Mais je ne peux pas me taire, Sarah…

L'enseignante voudrait ajouter : *Pas cette fois.*

— Ils vont la mettre en prison, reprend Sarah.

— Qui ?

— Elle.

La fillette désigne la poupée.

— Pourquoi veux-tu qu'ils la mettent en prison ?

— Elle aimait bien ça. C'est de sa faute. Ils vont la punir.

L'espace de quelques secondes l'institutrice s'imagine au bord de la falaise. Elle se tiendra face à l'océan, face au vent du large. Et elle hurlera.

— Elle aimait quoi, Sarah ?

Elle hurlera de toutes ses forces, longtemps.

— Sa voix. Ça lui faisait des chatouilles.

— Elle avait le droit, Sarah. Ce qu'elle ressentait n'appartenait qu'à elle. *Lui* n'avait pas le droit d'en faire autre chose. C'est lui qui sera puni, pas elle.

Elle hurlera à s'en déchirer les poumons pour couvrir le bruit des vagues.

Lorsque le taxi emprunte le pont, Sarah demande à s'arrêter. Elle se tourne vers sa maîtresse :

— Tu sais, au bout du canal, il y a le soleil.

— Le soleil ? s'étonne l'institutrice.

Oui, le soleil. Et dans l'atelier du peintre, de l'autre côté de la ville, le portrait demeurera inachevé, de l'enfant qu'on abîmait.

Les inspecteurs quittent l'appartement de l'enseignante. Ils ont enregistré sa déposition. Sarah a raconté, elle aussi. Ses parents assis sur le canapé l'ont écoutée. Son père pleure sans un mot. Sa mère a les yeux rouges et gonflés, son maquillage coule. Elle ouvre les bras et implore sa fille du regard. Sarah se réfugie contre elle. L'institutrice s'esquive et va décrocher la photo du mur. Elle la glisse dans son journal intime, qu'elle enferme dans un tiroir. Peut-être un jour écrira-t-elle de nouveau. Peut-être un jour parlera-t-elle, elle aussi.

De retour chez elle, Sarah veut aller se coucher. Elle a besoin de se reposer. De rêver. Elle sort sa poupée du cartable que lui a rendu sa maîtresse. Sa mère la lui retire.

— Non, chérie… Cette Sarah-là, c'est terminé. Il faut oublier maintenant.

Mais elle ne sait pas trop que faire de la poupée déshabillée qui lui embarrasse les mains, qu'elle tient du bout des doigts en évitant les marques de brûlure. Elle ouvre la porte du placard sous l'évier et la dépose contre la poubelle.

Sarah glisse dans le sommeil quand son père la rejoint. Il s'assoit sur le lit et lui prend la main. Il reste un long moment ainsi puis, dans un souffle, il murmure :

— Je t'aime.

Tard dans la nuit, une voiture du Samu freine devant le Café de la gare. Un homme saoul titube sur la chaussée. Il est tombé à plusieurs reprises. Sa figure est en sang. Quand les médecins approchent, il crie : « Ce n'est pas moi ! » Sa voix déchire la nuit.

Sarah ouvre brusquement les yeux. Hagarde, elle tâtonne autour d'elle, mais ne trouve pas ce qu'elle cherche. Elle se lève alors et quitte sa chambre. L'appartement est silencieux. Ses parents ont pris un somnifère. Ils dorment dos à dos.

Les pieds nus, Sarah descend dans la cuisine. Le carrelage est froid. Elle ouvre le placard sous l'évier. Elle reprend sa poupée. Elle la serre fort dans ses bras. Si fort.

Demain, l'eau du canal coulera.

Si tu as aimé ce roman
de Thierry Lenain,
tourne vite la page
et découvre un extrait de

Un chien
dans un jeu de quilles

— J'ai une idée…, a murmuré Damien.

Il m'a lâché la main.

— Puisqu'on n'a pas trouvé Dag, c'est qu'il a quitté la cité. Ou alors…

Il a réfléchi.

— Ou alors quoi ?

— C'est que quelqu'un l'a enlevé !

J'ai haussé les épaules.

— Tu as lu trop de policiers !

Les livres avec des mystères, c'est impeccable pour les froussards. Ils peuvent avoir la trouille tranquillement. Ou même croire qu'ils ne l'auraient pas s'ils étaient dedans. C'est pour ça que Damien les adore.

À ce moment-là, on m'a appelée.

— Hé, Carole ! Ton toutou s'est envolé ?

Arthur et Sliman rigolaient tout ce qu'ils pouvaient. Ils pouvaient beaucoup.

— Il n'est pas en train de crever dans un fossé ?

J'ai ramassé une pierre pour la leur balancer. Damien m'en a empêchée.

— C'est eux, j'en suis sûr !

Il avait raison. Ces deux imbéciles avaient dû passer des dessins aux actes.

— Viens, Carole, on les coincera cet après-midi…

J'ai embrassé Damien très fort. C'était un froussard, d'accord. Mais un froussard intelligent.

Je n'ai rien mangé ; j'imaginais Dag attaché, le museau et les pattes ficelés. Et des choses pires encore. Arthur et Sliman ! Ils allaient regretter d'être nés ! J'allais me venger, ils s'en souviendraient longtemps. Je me triturais les méninges pour trouver quelque chose de terrible. Je demanderais à Damien. Dans ses livres policiers, ça devait fourmiller d'idées.

Dès que papa eut terminé son repas, je me suis précipitée chez Damien. Il a ouvert aussitôt, comme s'il avait eu depuis longtemps la main sur la poignée.

— Damien ! a crié sa mère. Tu n'as pas fini ta…

— J'ai plus faim !

Après avoir battu le record de descente d'escalier, on s'est assis sur les marches du perron.

— Il n'y a qu'une possibilité, a annoncé Damien tout essoufflé. Ils ont enfermé Dag dans une cave.

— Laquelle ?

— Il faut d'abord fouiller celles de leur immeuble…

On avançait dans le noir et DAMIEN N'AVAIT PAS PEUR. Il se prenait peut-être pour le héros d'un de ses livres. Moi je ne les avais jamais lus et je ne connaissais pas le mode d'emploi pour éviter les frissons dans le dos. Ça me fait toujours ça dans les caves.

— Dag ?

Devant chaque porte, j'appelais mon chien. Je tendais l'oreille pour entendre le moindre petit bruit. Mais rien. On avait presque atteint le fond du couloir quand la porte de l'escalier s'est ouverte. On s'est précipités dans le local des poubelles. Deux ombres ont descendu les marches. Avant que la porte ne se referme et replonge le sous-sol dans l'obscurité, j'ai reconnu Arthur et Sliman.

— Alors, tu éclaires ? a chuchoté Arthur d'une voix exaspérée.

Sliman a allumé une lampe torche. Il filtrait la lumière entre ses doigts.

— Qu'est-ce qu'on fait ? j'ai demandé à l'oreille de Damien.

Il a profité du bruit causé par une bouteille qui dégringolait dans le vide-ordures pour me répondre :

— On attend… Ils vont nous conduire à Dag.

Je n'avais plus peur. Je voulais juste délivrer Dag et transformer ses deux voleurs en chair à saucisse.

Sliman éclairait un cadenas, et s'apprêtait à l'ouvrir.

— Dag n'est pas là-dedans. Il aurait aboyé tout à l'heure, j'ai chuchoté.

— Ils l'ont peut-être muselé…

Je me suis redressée, prête à me jeter sur eux. Damien m'a retenue.

— Attends !

— Mais Dag est là-bas !

— Attends qu'ils soient entrés !

On a rasé les murs. Plus j'approchais de la porte, plus je me représentais Dag à leur merci. Ma respiration s'est accélérée. On les entendait discuter :

— Regarde comme ils sont gros ceux-là !

J'ai tout compris. Ils avaient apporté des os. De gros os. Et ils les passaient sous le nez de Dag qui ne pouvait même pas ouvrir la gueule ! J'ai filé un grand coup de pied dans la porte. Elle a claqué contre le mur.

— ASSASSINS ! j'ai hurlé.

Mon cri a résonné dans le couloir. Et je me suis retrouvée très bête. Sliman et Arthur étaient allongés sur des sacs de pommes de terre. La torche était accrochée au-dessus d'eux. Elle éclairait des magazines.

— Qu'est... Qu'est...

Mes yeux ont fait le tour de la cave. Il n'y avait pas la moindre petite trace de Dag. Arthur et Sliman avaient repris leurs esprits. Ils ont recouvert les magazines.

— Qu'est-ce que vous faites ici ?

Ils se sont approchés de nous, drôlement menaçants. L'idée de la chair à saucisse devait leur effleurer l'esprit à eux aussi maintenant. Damien m'a saisie par la main pour m'entraîner dans le couloir. On a couru. Je suis tombée. Mais Damien ne m'a pas lâchée. Il tirait toujours.

— Arrête !

Je me suis relevée tant bien que mal, et on s'est enfin retrouvés à l'air libre, sur le parking.

— Ouf ! a soupiré Damien. On a eu chaud !

J'ai examiné mes genoux.

— Tu aurais pu faire attention. Regarde, je saigne !

J'ai sorti un mouchoir de ma poche.

— Je me demande bien ce qu'ils regardaient dans leurs journaux, j'ai marmonné.

— En tout cas, ils doivent cacher Dag autre part…

Dag ! Avec toutes ces émotions, je l'avais oublié. La colère m'a emportée.

— Tu racontes n'importe quoi ! Arthur et Sliman n'y sont pour rien ! C'était une idée à toi ! Comme celle de marier mon père et ta mère. C'est à cause de toi que Dag est parti. C'est à cause de toi ! Je te déteste !